AF321470

LETTRE

*A MADAME DE ****

SUR LA TRAGEDIE

D E

ROME SAUVÉE.

MADAME,

PEU s'en faut que je ne retire ma parole, vous voulez, dites-vous, sçavoir ce que je pense de la Piéce qui vient de paroître sous le titre de *Rome sauvée*. C'est en vérité abuser de l'ascendant qu'a votre Sexe sur les cœurs sensibles ; il faut donc que je m'expose au ridicule d'un détail mal circonstancié pour vous obéir ?

Eh bien ! j'y consens avec d'autant plus de docilité, que je ne me porte jamais pour Juge en matiere de Théâtre, & que je puis excuser les fautes de ce détail par la difficulté de retenir exactement la conduite d'une Piece dans sa premiere représentation : j'ajoute une raison bien plus puissante, c'est votre volonté qui veut absolument & sans réplique tout ce qu'elle veut.

Il y a, autant que je puis me le rappel-

A

ler, sept Perſonnages qui figurent ſur la Scêne avec un intérêt preſque égal ; on a ſenti que cette diviſion rallentiſſoit l'intérêt dominant. *Catilina*, *Cethegus*, *Lentulus*, *Orélie*, fille de *Nonius*, *Ceſar*, *Ciceron*, *Caton* ; tous les autres ne paroiſſent que pour orner la Scêne. Ils produiſent dans la Piéce le même effet qu'une belle draperie produit ſur une ſtatue deſſinée avec peu de force.

Catilina ouvre le premier Acte avec *Cethegus*, un des conjurés ; leur Dialogue m'a paru foible, il n'a point ſoutenu l'attention du Spectateur, qui inſtruit par l'hiſtoire du caractere de *Catilina*, n'y a ſans doute point trouvé ce génie remuant, actif & agité du grand projet qu'il médite : *Orelie* que l'Auteur, au mépris de l'Hiſtoire, a jugé à propos de donner pour épouſe à *Catilina*, fait la ſeconde Scêne. Ce Dialogue a d'autant plus la fadeur de l'amour, que le Spectateur ne s'attend point à voir un Romain ambitieux parler le langage d'un amant, lorſqu'il eſt occupé du ſoin important de renverſer un Sénat & de s'établir ſur ſes ruines ; mais peut-être l'Auteur trouveroit-il ſa juſtification dans le ridicule qu'on a attaché à l'amour conjugal. L'Auteur de *Catilina* entrant plus eſſentiellement dans ſon ſujet, s'eſt mis à couvert d'un tel reproche : vous l'avez en main , Madame ; la lecture que vous en pouvez faire justifiera ce que j'avance.

Orelie fille de *Nonius* , qui n'a permis qu'à regret qu'elle donnât son cœur & sa main à *Catilina* dont la jeunesse corrompue n'annonçoit qu'un ennemi de la gloire des Romains, fait une dépense superflue de tendresse pour arracher de *Catilina* un secret qu'il lui confie lui-même. Il a fait porter sécretement beaucoup d'armes chez *Nonius*.

Orelie qui, en bonne ménagere, parcourt tous les jours les recoins de sa maison , les a trouvées ; elle vient le déclarer à son époux, & prétend sçavoir à quel usage il les destine ; *Catilina* lui répond que c'est à la conservation de Rome : ces mêmes armes servent à établir la catastrophe indécente , mal amenée , encore plus mal soutenue du quatriéme Acte.

L'éloquent *Ciceron* qui ne brille qu'aux dépens du Personnage principal , vient échauffer cet Acte par des vers aussi empoulés que ses Catilinaires : il a tout le bruyant d'un factieux , & *Catilina* tout le flegme d'un Sénateur. Le premier par ses discours fait entrevoir au dernier qu'il a déchiré le voile dont il couvroit ses projets ambitieux ; mais il le fait avec des expressions qui le font soupçonner plus entendu dans les détails de police que dans les affaires politiques & militaires.

Catilina quoique pénétré se cache encore, non par le langage d'un homme qui se croit encore enveloppé du myftere, mais par une contenance ferme. Cet Acte en général fert de tranfparent à toute la Piece. Le Spectateur n'efpere plus de furprife, il voit tout dans un point de vûe infaillible. Les gens du métier affurent que ce défaut entraîne ordinairement la chute d'une Piece ; mais je penfe différemment de celle-ci ; la célebrité de l'Auteur la fauvera fans doute d'un tel événement : le Public a beaucoup de reconnoiffance (l'Auteur de la derniere *Semiramis* l'a éprouvé) & je ne doute point qu'il n'en ait dans une occafion fi preffante.

L'Auteur qui a lui-même fenti la lenteur de l'action dans le fecond Acte, a cru devoir le foutenir par des vers harmonieux & bouffis de grandes maximes. *Cefar* l'anime d'un Dialogue avec *Catilina*, celui-ci veut l'attirer dans fon parti, mais il le fait avec fi peu d'adreffe, qu'il ne falloit pas un efprit fi fin & fi éprouvé que celui de *Cefar* pour l'éluder. *Cefar* eft ambitieux, mais cette paffion auffi forte que celle de *Catilina*, choifit des routes différentes pour arriver au même but. *Cefar* ne veut foumettre Rome qu'après l'a-

voir servie ; il veut par ses grandes actions
la forcer à s'estimer heureuse de l'avoir pour
maître. *Catilina* ne veut que se servir lui-
même en la soumettant, n'importe par
quelle voye. *Cesar* veut avoir obéi avant
que de commander ; *Catilina* indocile
par tempérament, veut commander sans
avoir obéi. J'ai trouvé trop d'esprit
dans les réponses de *Cesar*, elles ont
fait rire, ce qui fait croire qu'elles ren-
trent un peu dans le comique. La Tra-
gédie veut du génie. Vous êtes sans doute
étonnée du silence que je garde sur *Caton*,
ce Personnage si célebre, & que M. de
Crebillon met en mouvement avec tant
de force dans son *Catilina*. Je vous af-
sure que si *Cesar* ne lui avoit point dans
le cours du Poëme reproché sa séverité,
je ne l'aurois point soupçonné de la partie. On diroit que l'Auteur a trouvé son
pinceau trop foible pour caractériser un
Personnage si intéressant dans l'ensemble
de ce grand tableau. Se pourroit-il que
Ciceron eût épuisé un génie aussi fécond
que celui de notre Poëte ? Ou le silence de
l'Auteur seroit-il l'effet d'un sincere respect
pour la plume de son Confrere ? Je prends
plaisir à m'arrêter à ce dernier motif ; à
ce trait je reconnois l'Auteur de *Rome
sauvée*.

Le cœur commence à s'intéresser dans

le troisiéme Acte ; il étoit tems que l'Auteur le mît de la partie de l'esprit s'il y avoit invité le bon sens. *Orelie* a reçu une Lettre de *Nonius* ; la plus petite circonstance de la conspiration lui est connue ; elle vient en communiquer la lecture à son époux : celui-ci frappé comme d'un coup de foudre , ne peut comprendre comment *Nonius* a été éclairé sur une affaire aussi secrete : il revient cependant de son étonnement , il propose à *Orelie* d'entrer dans ses vûes , d'épouser sa haine contre le Sénat , & de sortir de Rome avec son fils , pour mettre leur vie en sûreté. J'avois oublié de vous dire que l'Auteur a cru sans doute nécessaire non seulement de marier *Catilina* pour nous intéresser , mais encore de lui donner un fils ; mais je crois m'être apperçu que le Spectateur n'avoit point autant de sensibilité que lui. Le sort de cet enfant ne remue les entrailles de personne. *Orelie* révoltée par la proposition honteuse que *Catilina* ose faire à une Romaine, le traite en femme maîtresse, & il faut l'avouer à la gloire de *Catilina* , il se comporte en homme de notre siécle, il reçoit tout avec douceur, n'at'il pas raison ? La paix dans le ménage : elle le menace de déclarer ce mystere infâme. Ils se chamaillent beaucoup en attendant qu'un des conjurés vienne annoncer l'arrivée de *Nonius* ; cet inftant eft critique. *Orelie* adroite, qui veut en femme ce qu'elle veut, en profite. Elle preffe *Catilina*, lui repréfente l'horreur du danger auquel il s'expofe & qui le menace de fi près, il fe rend aux inftances de fon époufe, il craint cependant du zéle indifcret de *Nonius* ; il le connoît homme à facrifier femme & enfans à l'amour de la Patrie ; *Orelie* le raffure par un vers pris dans la nature de la plûpart des Auteurs.

On pardonne aifément aux hommes que l'on craint.

Catilina après qu'*Orelie* a vuidé la Scêne, rougit de fa foibleffe ; on convient qu'il a raifon, qu'il en auroit eu encore plus s'il eût feint de fe rendre aux prieres de fon époufe, il ne feroit point forti de fon caractere ; il y rentre cependant, & redonne encore fes ordres aux conjurés avec une fermeté affez bien foutenue. Cette Scêne eft frappée au coin du vrai beau, du fublime ; on y voit un chef de confpiration qui a bien conçu, imaginé un projet, qui l'a manié & remanié pour en connoître toutes les faces. Les difpofitions qu'il fait, les ordres qu'il donne, donnent en général & en particulier une grande idée du Chef.

Ciceron entre avec toute la hardieffe d'un poltron efcorté, & vient en conféquence de l'entretien qu'il a eu pendant l'intermede avec *Nonius* faire arrêter quelques conjurés : mais il ne porte point fa hardieffe jufqu'à *Catilina*, *Lentulus*, *Cethegus*. Le Dialogue de *Ciceron* & de *Catilina* m'a paru indécent. J'ai cru voir deux Ecoliers, qui fe craignent, s'accablent réciproquement d'injures, & qui n'ofent fe prendre aux cheveux.

Le quatriéme Acte eft un Acte de parade : le Sénat affemblé forme un coup d'œil très-agréable ; c'eft une galerie ornée de portraits ou de ftatues : choififfez ; fi vous en exceptez Ciceron, perfonne ne parle : le Déclamateur y peint les dangers qui menacent de près la République, & principalement le Sénat. On voit cependant que le Conful fait entrer pour quelque chofe fa confervation dans fes allarmes. Charité bien ordonnée commence par foi-même. Il tremble d'abord pour lui, il tremble enfuite pour Rome. L'Auteur croit que ce fentiment eft pris dans la nature.

Catilina vient interrompre les lamentations du Conful : c'eft ici que le caractere de ce Chef de la confpiration fe montre : *Ciceron* l'accufe, & lui demande ce qu'il répondra à une preuve auffi

convaincante que les armes qu'on a trouvées chez *Nonius*.

Cette question loin de le déconcerter
ne sert au contraire qu'à faire mieux sortir les ressources de sa duplicité ; il re-
jette avec assurance l'accusation sur *No-*
nius même.

Ciceron qui vient d'instruire le Sénat
du meurtre de *Nonius* , commis par un
conjuré qu'il a fait mettre dans les fers ,
veut se servir d'*Orelie* même , & de sa
douleur contre *Catilina* ; si cette ma-
nœuvre est permise dans un Tribunal
ordinaire , elle est indigne d'un Chef du
Capitole : aussi l'Auteur de *Catilina* a-t'il
eu l'adresse d'*éviter* une telle *indécence* :
Ciceron donne ordre qu'on amene *Orelie*.
Dans cet intervalle on annonce au Sénat
que le conjuré retenu dans les fers a dé-
claré que les armes qu'on a trouvées chez
Nonius y avoient été portées par l'ordre
de *Nonius* même ; cette nouvelle met un
peu en défaut l'éloquence du Consul.
Cette Scène devient animée par les discours de *Catilina* ; c'est un ambitieux
éclairé , qui sçait tirer parti des circonstances ; le succès de son imposture re-
double son courage : mais *Orelie* déses-
pérée de la mort de son pere , plus encore de l'infâmie dont on flétrit sa mé-
moire , paroit avec le poignard qu'elle a

arraché du sein de l'Auteur de ses jours. *Ciceron* lui montre *Catilina* comme l'accusateur de son pere ; ce trait l'indigne contre son époux, & sans balancer entre l'amour paternel & l'amour conjugal, elle se venge d'une lâcheté par une lâcheté ; elle se porte accusatrice de *Catilina*, & se poignarde ; on l'emporte.

Catilina par tendresse pour *Orelie* occupe le reste de la Scêne : ce n'est qu'un tissu de menaces horribles & d'emportemens, que le Consul écoute avec toute la gravité d'un Sénateur Romain, il vuide enfin le Théâtre, vous croyez qu'il va secourir son épouse ; mais les Tyrans sont-ils faits pour entendre la voix de la nature ? Il sort de Rome, & va joindre l'armée qui est aux portes de la Ville. On apporte la lettre qu'on a trouvé sur *Orelie* en la secourant. *Ciceron* en fait la lecture ; on y voit que *Cesar* est compris dans la conspiration, mais celui-ci se contente de répondre qu'il est Romain & se retire ; s'il étoit aussi petit-maître dans ses actions que dans ses discours, il y auroit tout lieu de craindre que *Rome sauvée* ne fût *Rome perdue*.

Le principal personnage ne paroît plus dans le cinquiéme Acte, dont voici à peu près l'idée.

Cesar que vous venez de voir accusé

par la lettre de *Nonius*, a renversé une
partie des entreprises des Conjurés ; *Ciceron* l'apprend de lui : il a étudié les
hommes, il connoît le caractere de celui-ci ; il sçait que la passion de domi-
ner le tyrannise, il s'y plie pour se le
rendre aussi fidéle qu'il est utile & nécessaire. *Catilina* sorti de Rome y laisse
son génie : ainsi la Ville est assiégée, elle
est attaquée en dedans. *Ciceron* sent qu'il
faut, dans des circonstances semblables,
d'autres armes que celles de l'éloquence.
Il confie le commandement à *Cesar* ; pendant que celui-ci va s'exposer aux dangers les plus évidens, le Consul en homme prudent débite au silentieux *Caton*
de belles maximes, pour donner le tems
à *Cesar* de faire son ouvrage, & de ve-
nir en rendre compte. *Cesar* arrive en effet, il raconte toute l'action ; il n'a pû
s'empêcher d'admirer *Catilina* expirant,
sur un monceau de morts & de mourans.

La Piéce finit par une priere extrême-
ment patétique, que *Ciceron* fait aux Dieux
de graver profondément l'amour de la
Patrie dans le cœur vertueux de *Cesar*.
Ainsi soit-il.

On voit que l'Auteur s'est attaché à
jetter dans *Ciceron* toute la force de *Catilina*, pour faire sentir au Public le pré-
tendu défaut de la Piece de M. de *Cre-*

pillon qui a jetté toute l'éloquence de *Ci-ceron* dans le rôle de *Catilina.* Il eſt aiſé de décider lequel des deux s'eſt écarté du point de vérité ; il me ſemble qu'il y a plus d'intérêt & d'action dans *Catilina* que dans *Rome ſauvée,* où j'ai compté ſept récits. J'aurois voulu que l'Auteur eût ici abandonné l'Hiſtoire, je trouve que *Ca-tilina* meurt trop glorieuſement, puiſqu'il a été admiré de *Ceſar,* qui un inſtant au-paravant l'a traité avec le mépris le plus marqué. L'Auteur auroit donc, à l'imi-tation de ſon Confrere, dû faire poignar-der *Catilina* de ſes propres mains ; cette mort étoit le prix de ſes forfaits, je crois qu'en donnant un tel conſeil, je me con-forme aſſez au génie de notre Théâtre. Je ſuis affligé pour l'Auteur, de ce que *Orelie* ſe poignarde en préſence du Sénat. Où a-t'il lû que ce Sanctuaire redouta-ble fut ouvert aux femmes, & comment oſe-t'il l'y faire poignarder ſi indécem-ment & ſi inutilement, puiſqu'*Orelie* au-roit pû avec plus de décence attenter à ſa vie dans ſon appartement, & que les mêmes ſecours qu'on lui auroit donné, auroient par la même voye fait tomber la lettre de *Nonius* dans les mains du Sénat.

Je crois avoir ſenti dans toute la Piece l'epuiſement d'un génie, qui par des ſail-lies momentanées combat contre les hor-

reurs de la caducité : je fouhaite que ce
Précis que je vous envoye vous faffe at-
tendre avec patience le parallele des deux
Piéces ; je vous le promets, & vous fça-
vez que je fuis fidéle à ma parole.

Avec Approbation & Permiffion.